0.25 LES HISTOIRES DROLES

GROUPÉES PAR MAX ET ALEX FISCHER

MAURICE DONNAY

LA CURIEUSE SATISFAITE

N° 6

E. Flammarion ÉDITEUR

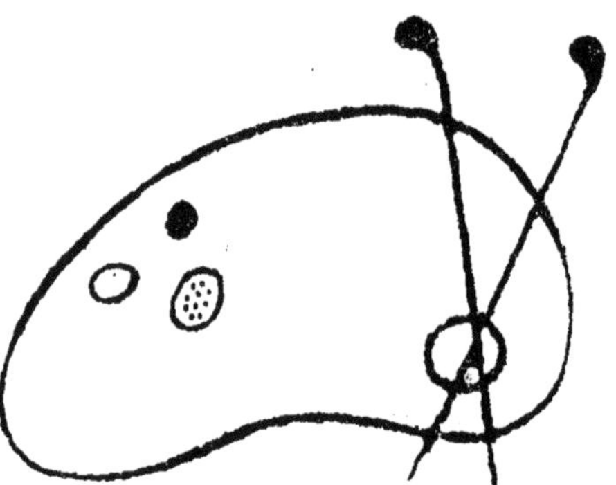

Fin d'une série de documents
en couleur

"LES HISTOIRES DRÔLES"

MAURICE DONNAY

LA CURIEUSE SATISFAITE

PARIS
ERNEST FLAMMARION, ÉDITEUR
26, RUE RACINE, 26

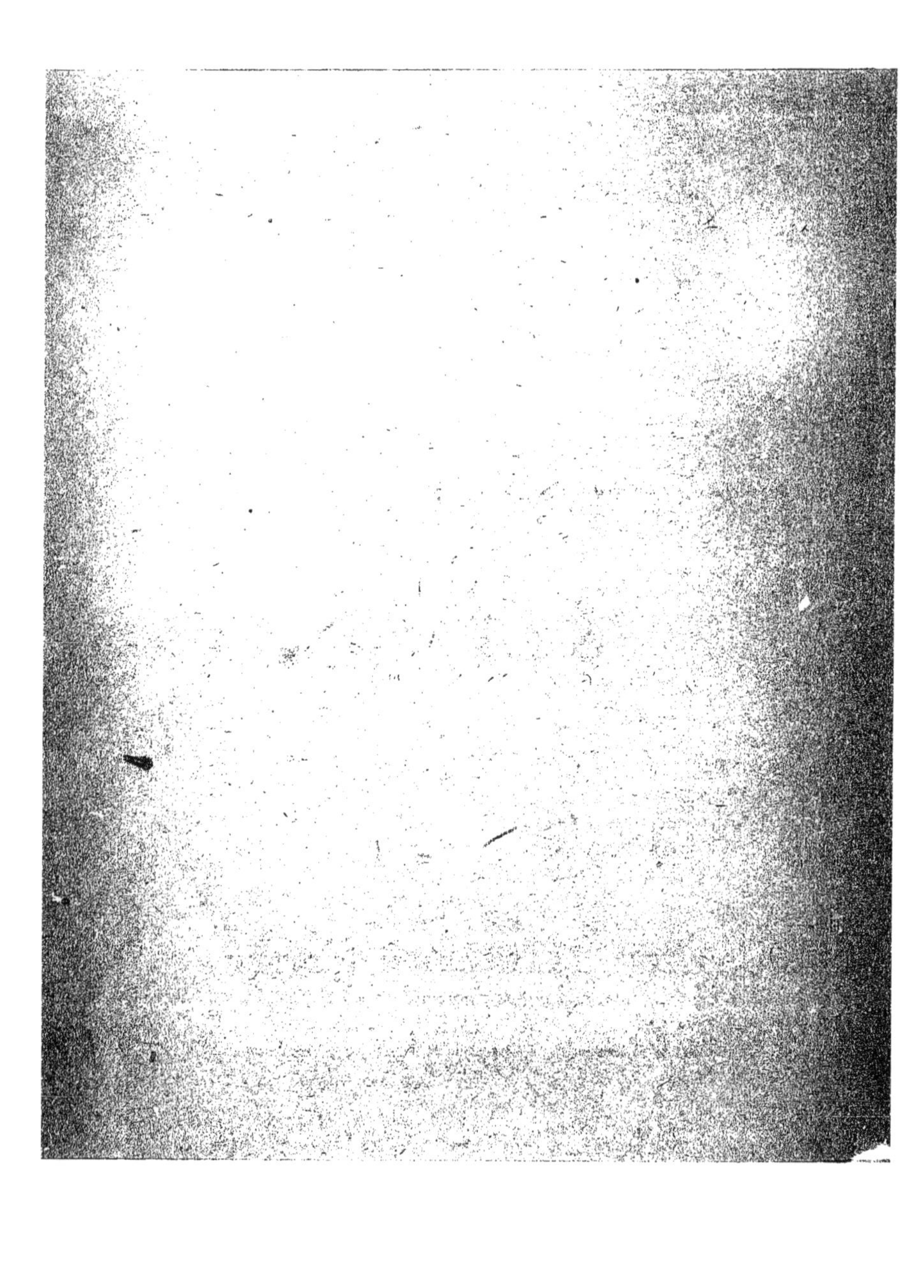

LA CURIEUSE SATISFAITE

BLANCHE MITÈNE, 30 ans.
PHILIPPE PLEINAIR, 26 ans.

Une chambre d'hôtel confortable mais vulgaire, papier écœurant, meubles pénibles, tentures navrantes. C'est pourtant là que Mme Mitène, en un premier rendez-vous, vient de succomber.

Mme MITÈNE. — Tu m'aimes?

PLEINAIR. — Je vous adore.

Mme MITÈNE. — Autant qu'avant?

PLEINAIR. — Cent millions de fois plus.

Mme MITÈNE. — Pourquoi n'as-tu pas voulu me recevoir dans ton atelier? cela eût été plus gentil, et puis je n'ai jamais... *(Elle n'achève pas.)*

PLEINAIR. — J'avoue que ce décor est piteux, mais je ne peux pas t'emmener chez moi à cause que j'ai une maîtresse peu commode et ça aurait fait des drames. Pourtant la prochaine fois, tant pis! puisque tu le désires, tu viendras.

Mme MITÈNE, *un peu inquiète.* — Et ta maîtresse?

PLEINAIR. — Je m'en débarrasserai.

Mme MITÈNE. — Comment feras-tu?

PLEINAIR, *sans rire.* — Je la tuerai.

Mme MITÈNE, *pas encore habituée à cet ordre de facéties.* — Comment! tu es fou?

PLEINAIR, *la rassurant.* — Mais non, je plaisante... c'est une plaisanterie à froid.

Mme MITÈNE. — Quel drôle de type tu fais? Je n'en ai pas vu des tas comme toi... tu es un fier original!

PLEINAIR. — Non, je ne suis pas fier; quand tu me connaîtras mieux, tu verras que je ne suis pas fier du tout.

Mme MITÈNE. — Tu as eu beaucoup de femmes, hein? Tu dois en avoir eu beaucoup.

PLEINAIR. — J'en ai eu quelques-unes.

Mme MITÈNE. — Raconte-moi, raconte-moi.

PLEINAIR. — Te raconter quoi? C'est toujours la même chose... en amour, vois-tu, il n'y a que la conquête et la rupture qui soient intéressantes, le reste n'est que du remplissage. Comme nous sommes plus discrets que vous, pourtant! Jamais nous n'aurions l'idée de demander à une femme, la première fois que nous la connaissons, combien elle a eu d'amants! Il est vrai que ça nous démonterait, tandis que ça vous excite. En somme, nous avons raison de ne pas vous interroger; lorsqu'une femme a eu plusieurs amants, il y en a toujours quelques-uns d'inavouables.

Mme MITÈNE. — Je ne te demande pas de me les raconter toutes... Mais une seule. Je voudrais savoir comment tu as fait la première fois, tout à fait la première fois. Ma question te paraît peut-être étrange?

PLEINAIR. — Non, princesse; à vrai dire, tu n'es pas la première personne de ton rang qui me pose cette question-là. Je n'ai connu qu'une femme du monde qui ne m'ait pas demandé ce que tu me demandes... Elle en est morte.

Mme MITÈNE. — Alors, tu veux bien me dire... Mais, tu sais, avec tous les détails.

PLEINAIR. — Certainement... Seulement, je te préviens que ce qui m'est arrivé est si extraordinaire... C'est à peine croyable.

Mme MITÈNE. — Oh! tant mieux! J'adore ce qui n'est pas banal.

PLEINAIR. — En ce cas, ma chérie, tu vas être servie à souhait.

Mme MITÈNE. — Quel âge avais-tu, d'abord?

PLEINAIR. — Onze ans et demi.

Mme MITÈNE. — L'âge de Robert l'âge de mon fils. Dire que mon petit bonhomme pourrait... Oh! c'est affreux, horrible, tout à fait rigolo. Et à onze ans tu pensais déjà à ces choses-là?

PLEINAIR, *parlant comme un livre.* — Il faut te dire que

ma mère était créole, et par mon père, j'ai du riche et rouge sang bourguignon dans les veines. A nonante ans, le père de mon père remplissait encore ses devoirs conjugaux envers ma grand'mère, et même la trompait. Tu vois que j'ai de qui tenir. Ajoute à cela que je suis né à la Martinique, et tu n'ignores pas que dans les pays chauds, on est plus vite arrivé à l'âge de puberté que sous nos froids climats d'Europe; les républiques sud-américaines ayant pour devise : Puberté, Egalité, Fraternité !

Mme Mitène. — Tu es bête, mon trésor. Continue.

Pleinair. — Je suis venu, à neuf ans, à Paris, et l'on m'a mis interne au lycée Louis-le-Grand, à cause qu'à cette époque, le proviseur était un colonial... on l'avait même surnommé Pain-d'Epices, je me rappelle. Je sortais le dimanche : j'avais pour correspondants des amis de ma mère, des Brésiliens, et là je rencontrais un tas de petites filles très précoces dont j'étais le flirt. Or le flirt, dans les cœurs de ces petites rastas, prenait des proportions fantastiques et ne ressemblait pas plus au flirt des jeunes Parisiennes qu'un cocotier des Tropiques ne peut ressembler à un cocotier du Jardin d'Acclimatation.

Mme Mitène. — C'est très juste.

Pleinair. — Non, ce n'est pas juste, parce que le flirt étant une invention de la civilisation et des races du Nord, des races blanches, il ne s'acclimate pas, au contraire, chez les races noires... Ma comparaison est donc idiote, mais ça ne fait rien. La fréquentation de ces jeunes personnes, jointe aux conversations de mes petits camarades du lycée et à de très mauvaises lectures...

Mme Mitène. — Comme tu étais avancé ! Crois-tu que mon fils, mon petit Robert ?...

Pleinair. — N'en doute pas, mère infortunée !

Mme Mitène. — Oh ! mon Dieu ! mais il est chez les jésuites.

Pleinair. — Qu'importe ! il ne m'appartient pas, au surplus, de décider quelle éducation est la meilleure, des jésuites ou des laïques, ce genre de discussion étant superfétatif et désuet; mais sois assurée que le jeune Robert en sait autant que j'en savais à son âge... et sans doute plus, à cause du nommé Progrès. Quoi qu'il en soit, à onze ans et demi, j'étais mûr pour l'adultère, déjà, et je le fis bien voir.

Mme Mitène. — Tu sais que je suis un peu jalouse.

Pleinair. — Il n'y a vraiment pas de quoi. Toutes ces petites filles que je voyais chez mes correspondants ne me disaient pas grand'chose, mais je devins éperdument amoureux de la mère de l'une d'elles. C'était une femme longue, mince, avec des bandeaux noirs et un parfum pénétrant. Je lui faisais des vers...

Mme Mitène. — Ils devaient être drôles, ces vers-là.

Pleinair. — C'est ce qui te trompe... ils étaient très bien, parfaitement, attendu que je les copiais dans Musset, Hugo et nos meilleurs auteurs. Ce n'était que deux noms à changer.

Mme Mitène. — Pourquoi deux noms?

Pleinair. — Certainement : le sien d'abord. Elle s'appelait Dolorès. Quand il y avait Thérèse, Madeleine, Nina, Ninon, je mettais Dolorès; le mien ensuite, au lieu de Victor Hugo, Lamartine, je signais Pleinair. Ça fait donc deux noms à changer, c'est ce que je disais.

Mme Mitène. — Et alors?

Pleinair. — Ce jeu ne déplaisait pas autrement à Dolorès. Un jour elle demanda à mes correspondants de me confier à elle, ce qu'ils firent de grand cœur, ne se doutant de rien. J'arrivai donc un dimanche chez la femme que j'adorais. Elle était dans son cabinet de toilette; elle me fit dire de l'attendre dans son boudoir... je l'attendis, et au bout de cinq minutes, elle arriva vêtue d'un long peignoir. Elle me prit sur ses genoux me fit mille caresses, et lorsqu'elle crut que le moment était propice, elle enleva son peignoir sous lequel elle était toute nue.

Mme Mitène, *baba*. — Oh! ce n'est pas possible. Alors, qu'est-ce que tu as fait?

Pleinair. — Le croirais-tu? J'ai eu des scrupules. Le mari de Dolorès avait été à Louis-le-Grand... C'est même lui qui fournissait au lycée les produits coloniaux... J'eus honte de tromper un camarade de collège, un ami, et je ne voulus pas posséder cette femme.

Mme MITÈNE. — Brave cœur ! Gentille nature ! Honnête enfant !

PLEINAIR — Attends, attends. Dolorès ne se tint pas pour battue. Comme elle était très roublarde, elle me dit qu'elle avait voulu s'amuser. Nous déjeunâmes ensemble, puis elle m'emmena aux Variétés entendre Judic; je ne te parle pas d'hier, naturellement, et enfin elle me dit que nous allions dîner au cabaret. Je ne me méfiais pas... J'acceptai.

Mme MITÈNE. — Mais c'est un vrai roman.

PLEINAIR. — C'est une histoire de brigands. Nous dînâmes donc en cabinet particulier, dans un restaurant très chic, avec des candélabres en argent et des bougies roses. Elle ne parla de rien, fut très maternelle, très amicale; mais je ne sais ce qui me prit vers la fin du dîner, j'éprouvai un grand trouble et je sentis des désirs exaspérés...

Mme MITÈNE, *haletante*. — Alors?

PLEINAIR. — Dolorès s'aperçut de mon trouble; d'un coup de poing, elle éteignit les bougies, comme dans la *Chronique du règne de Charles IX*, je sentis deux lèvres brûlantes et humides se coller à mes lèvres et... quand je revins à moi, ma maîtresse était penchée sur moi, ses beaux yeux pleins de reconnaissance.

Mme MITÈNE. — Qu'est-ce qu'elle t'a dit?

PLEINAIR. — Elle m'a dit : « Tu vas me mépriser. » Alors, je me suis souvenu tout à coup du mari, de l'ami, du camarade de collège et je lui ai répondu : « Parbleu ! » comme dans *Monsieur de Camors*. Elle s'est levée, a payé l'addition, comme dans *Francillon*, et je suis rentré au lycée.

Mme MITÈNE. — Et depuis, est-ce que ça a recommencé?

PLEINAIR. — Jamais... avec elle du moins. *(D'un air bête :)* Je pense que c'était une vicieuse, qui s'était payé un caprice, car elle ne m'aimait pas, voyons, elle ne pouvait pas m'aimer.

Mme MITÈNE, *se donnant la peine de répondre*. — Certainement... C'est égal, ce n'est pas ordinaire.

PLEINAIR. — N'est-ce pas? *(Petit silence.)* Quand j'y pense, elle avait dû mêler au champagne, et sans que je m'en aperçusse, des mouches cantharides. N'est-ce pas votre avis?

Mme MITÈNE. — C'est bien possible.

ALLUMEUSE

ETIENNE SONDEUR, 35 ans.
MARCELLE DE VIZAVIH, 27 ans.

Clair et tiède matin de mai. Dix heures, place Malesherbes. Sondeur scrute l'horizon, cherchant une voiture découverte; mais toutes sont fermées, car il ne pleut pas. *Enfin, une voiture passe qui comble ses désirs : il l'arrête et y monte.*

SONDEUR. — Cocher, nous allons au Salon annuel de peinture.

LE COCHER. — Lequel? Champs-Elysées?

SONDEUR. — Non, de Mars.

LE COCHER, *à mi-voix.* — A la bonne heure.

SONDEUR. — Allez comme le vent : pourboire princier.

Le cheval, fouetté comme il convient, dévore l'espace.

(Pensées de Sondeur dans la voiture ;) Il va accrocher, c'est certain... C'est le fâcheux accident. *(Tirant sa montre.)* Dix heures et quart ! Je vais être en retard. Heureusement qu'elle n'est jamais en avance. Ce cocher est exquis, il va très vite. Où diable l'ai-je vu, ce cocher? Je connais sûrement cette tête-là. J'ai dû le rencontrer chez les de Parvenu... Après tout, ça ne serait pas impossible : ils reçoivent tant de monde; ils reçoivent tout le monde, même.

Cependant, il est arrivé à la porte Rapp : il donne généreusement trois francs au cocher.

LE COCHER. — Merci, amusez-vous bien ! Vous avez de la veine, vous : vous allez voir les symbolistes !

SONDEUR. — Où diable ai-je vu cette tête-là ? C'est curieux.

Il entre. Tourniquet, escalier, grandes salles. Elle n'est pas encore arrivée et, en l'attendant, il regarde les Aman-Jean ; c'est là qu'ils se sont donné rendez-vous, devant des toiles « où il n'y aurait personne », car ils connaissent le goût des foules et qu'elles se précipitent plutôt vers les Madeleine Lemaire, les vues d'escadre russe et autres Carolus Duran.

Enfin, elle arrive : costume du matin pour visite au Champ de Mars. (Elle en a un autre pour les Champs-Elysées, la toilette d'une femme ne doit-elle pas varier avec la peinture qu'elle va regarder ?) Grand chapeau couvert de glycines et d'iris, voilette blanche, flots de mousseline autour du cou, robe Whistler brun et or.

Mme DE VIZAVIH. — Tiens, vous voilà ! Comment allez-vous ? Nous avons eu la même idée, ce matin. Il y a longtemps que vous êtes là ? C'est la première fois que vous venez, sans doute, parce que je ne compte pas le Vernissage. Moi, je suis déjà venue : il y a de bonnes choses, mais il y en a aussi de bien mauvaises. Ce sont les vieux qui reçoivent une tape ; ils n'y sont plus du tout. Ce que ça va vite depuis quinze ans : des choses qui auraient tout cassé en 1880, comme ça paraît coco maintenant, tout à fait raplapla ! Promenons-nous, voulez-vous ? Nous n'allons pas rester plantés là.

SONDEUR. — Je n'ai encore rien vu, mais je suis absolument de votre avis. Au surplus, si vous saviez comme je me moque de la peinture ! J'aime mieux vous dire tout de suite que je n'y comprends absolument rien, et, de plus, à force de regarder trop de tableaux, je prends le mal de tête.

Mme DE VIZAVIH. — Vous avez la migraine des salons. Alors, pourquoi êtes-vous ici ?

SONDEUR. — Mais pour vous rencontrer, pour vous voir, pour vous parler. Je suis de plus en plus amoureux de vous.

Mme DE VIZAVIH. — Je l'espère bien.

SONDEUR. — Pourquoi l'espérez-vous ?

Mme DE VIZAVIH. — Parce que ça m'amuse.

SONDEUR. — Ça vous amuse, seulement?

Mme DE VIZAVIH. — Ça vaut mieux que si ça m'ennuyait.

SONDEUR. — Certainement. Mais enfin, moi, c'est très sérieux. L'amour que j'ai pour vous est très profond. Je pense continuellement à vous, j'ai la folle obsession de votre regard, de votre voix; je suis triste, désorienté, inquiet, depuis que je vous connais, et vous me dites que ça vous amuse : ce n'est pas assez. Vous vous moquez de moi, vous ne pensez jamais à moi.

Mme DE VIZAVIH. — Qu'est-ce que vous en savez? J'y pense peut-être plus que vous ne croyez.

SONDEUR. — Depuis deux mois que vous flirtez avec moi...

Mme DE VIZAVIH. — Regardez donc cette femme nue d'Aublet. Comment la trouvez-vous?

SONDEUR. — Je la trouve bien, très bien même... Seulement elle a la peau verte; c'est peut-être parce qu'elle a froid.

Mme DE VIZAVIH. — Mais non, c'est à cause des arbres, c'est le reflet de la verdure. Cet été, à Faribole, quand j'allais me baigner, dans le parc, il y a une grande pièce d'eau, entourée d'arbres magnifiques, j'étais toute verte, et pourtant je vous assure que j'ai la peau très blanche.

SONDEUR. — Vous vous baigniez donc toute nue?

Mme DE VIZAVIH. — — Naturellement, chez moi... il n'y avait personne, et je vous assure que c'est très joli, très chaste même au milieu des grands arbres.

SONDEUR. — Je vous disais donc que depuis deux mois que vous flirtez avec moi, vous devez juger dans quel état d'âme je suis.

Mme DE VIZAVIH. — Je l'ai deviné, votre état d'âme... il était assez visible. *(Elle rit.)*

SONDEUR, *rougissant.* — Il faut pourtant que ça finisse, que je sache à quoi m'en tenir.

Mme DE VIZAVIH. — Vous êtes trop impatient... il faut toujours commencer par le flirt. Le flirt est la leçon que prend une femme avec des fleurets mouchetés avant d'aller sur le terrain avec des épées véritables.

SONDEUR. — Oui, mais si elle va sur le terrain avec un

autre... sans compter que c'est la plupart du temps ce qui arrive.

Mme DE VIZAVIH, *devant un tableau d'Armand Point.* — Qu'est-ce que vous dites de cette Eve?

SONDEUR. — Très jolie... un peu maigre.

Mme DE VIZAVIH. — Oui, mais comme c'est délicat, affiné. Regardez les femmes des Primitifs, elles sont toutes grêles.

SONDEUR. — Il devrait y avoir des assurances contre les grêles.

Mme DE VIZAVIH. — Oh ! si, c'est délicieux... elles sont toujours élancées, elles ont des bras minces, des jambes fines, le cou flexible comme un jeune arbre. Je voudrais être mince.

SONDEUR. — Vous n'êtes pas grosse.

Mme DE VIZAVIH. — Oh ! non, je ne suis pas grosse... je suis ronde, c'est ça... ronde.

SONDEUR. — C'est bien préférable.

Mme DE VIZAVIH. — Je suis une femme à fossettes.

SONDEUR. — Au bout des fossettes, la culbute.

Mme DE VIZAVIH. — Voulez vous vous taire !

SONDEUR. — Enfin, je voulais vous dire que ça ne peut pas durer. Ecoutez, Marcelle, je vous donne tout.

Mme DE VIZAVIH. — Quoi, tout? Vous êtes étonnant.

SONDEUR. — Je vous donne mon temps, mon cerveau, mon cœur, ma tranquillité, et vous, vous ne me donnez rien.

Mme DE VIZAVIH. — Je vous ai donné de mon odeur, vous-même m'avez dit que vous vous en inondiez chaque soir avant de vous coucher et que vous aviez ainsi l'illusion de dormir avec moi. N'est-ce rien que cela?

SONDEUR. — Oui, mais ce contact perpétuel, cet éternel frôlement est un supplice. Vous me parlez de votre corps, de la blancheur de votre peau, de vos fossettes.

Mme DE VIZAVIH. — Croyez que je ne dis pas à tout le monde ces choses-là. Et vous dites que je ne vous donne rien !

SONDEUR. — Oui, mais vous comprenez bien que je désire davantage.

Mme DE VIZAVIH. — Vous êtes injuste, mon cher. Au

aujourd'hui, comme vous me l'avez demandé l'autre soir, je vous ai apporté une fleur qui a passé la nuit avec moi, tout près de moi, aussi près que possible... dans moi. Mais vous ne méritez pas que je vous la donne.

SONDEUR. — Oh ! si, je vous en prie, donnez-la-moi.

Mme DE VIZAVIH, *tire une fleur de son corsage et la tend à Sondeur.* — La voilà.

SONDEUR. — Vous m'aimez donc un peu?

Mme DE VIZAVIH. — Ce n'est pas à moi à vous le dire... Consultez le langage des fleurs.

SONDEUR, *pensant que le moment était venu.* — Ecoutez, Marcelle, je vous adore, mais je veux vous le dire autre part que chez vous, ou dans le monde, ou dans les Expositions... je veux vous le dire chez moi. Dites-moi que vous viendrez, quand vous pourrez... Je vous attendrai toute une après-midi pour vous voir dix minutes !

Mme DE VIZAVIH. — Ça, mon cher, jamais. Pour qui donc me prenez-vous? J'ai pu *plaisanter* avec vous, mais, Dieu merci, je suis une honnête femme, et si vous voulez que nous restions bons amis, ne me faites plus de propositions semblables.

LES BONS PARENTS

Mme GIGOU, 43 ans.
M. GIGOU, 50 ans.
JEAN, domestique.

Une salle à manger confortable : vieux plats, vieilles tapisseries, buffet Renaissance. Quoique M. et Mme Gigou soient seuls à table, il y a pourtant trois couverts.

Mme GIGOU, *au domestique.* — Jean, est-ce que M. Georges a prévenu qu'il ne rentrerait pas déjeuner?

JEAN, *bégayant.* — Je... je... je n'en ai pas connaissance; monsi... monsieur Georges n'... n'... n'a rien dit.

M. GIGOU. — Vous enlèverez son couvert.

Mme GIGOU. — Voyons, mon ami, il n'est pas très en retard : nous nous mettons à table... On pourrait bien attendre encore cinq minutes...

M. GIGOU. — Pas du tout; je ne veux pas que ton fils s'habitue à prendre la maison pour une table d'hôte. *(Sévèrement.)* Jean, vous entendez ce que je vous ai dit! Qu'est-ce que vous attendez pour enlever ce couvert?

JEAN. — Mais... mais... mais je n'attends rien du tout! seulement, comme Madame est... est... propice pour qu'on ne l'enlève pas...

M. GIGOU. — C'est bon, c'est bon; faites ce que je vous dis.

Jean enlève le couvert. Petit silence. Œufs brouillés aux tomates.

Mme GIGOU, *timidement.* — Quelquefois, Georges est retenu très tard par son patron.

M. GIGOU. — Voyons, voyons, ma bonne, il ne faut pas me raconter ça : je l'ai vu, son patron, j'ai vu M. Michaud, et pas plus tard qu'hier soir... Il y a plus de quinze jours que Georges n'a mis les pieds chez lui; tu entends, Clotilde, quinze jours.

Mme GIGOU. — Est-ce possible?

M. GIGOU. — Vois-tu, ton fils est dans une mauvaise voie. Pourtant, il est bien placé chez Michaud, une des gloires du barreau moderne. Je l'ai fait entrer là comme secrétaire... Il pourrait apprendre son métier; je t'en moque, il ne fait rien; il n'a pas le moindre souci de sa position, de son avenir; il serait temps d'y songer, il a vingt-deux ans.

Mme GIGOU. — C'est un enfant. Et puis, je sais bien, moi, ce qu'il y a au fond de tout cela.

M. GIGOU. — Qu'est-ce qu'il y a?

Mme GIGOU. — Il y a qu'il n'aime pas du tout ce métier-là; il me le disait encore l'autre jour, quand Michaud a fait acquitter cette coquine qui avait empoisonné son enfant et son mari. Georges trouvait cela odieux, répugnant, de faire servir son talent au triomphe de causes pareilles... Il a des sentiments si généreux !

M. Gigou. — Enfin, c'est lui qui l'a choisi, ce métier. Dieu merci ! on ne peut pas me reprocher d'avoir des idées étroites, et je comprends très bien que mon fils ne veuille pas faire ce que je fais... Moi-même je n'ai jamais voulu prendre le métier de mon père... Il était dans les huiles, je suis dans les tissus, ça ne se ressemble pas. J'admets très bien qu'on puisse avoir des goûts spéciaux, des aptitudes, en un mot, une vocation. Mais c'est lui-même qui a demandé à être avocat; alors, qu'il nous laisse tranquilles. Non, vois-tu, je vais te dire ce qu'il y a au fond de tout cela : il y a encore quelque drôlesse, quelque rossaille...

Mme Gigou fait signe à son mari de se taire à cause du domestique qui rentre. Silence. Côtelettes jardinière. Jean s'obstine à ne pas sortir; enfin, il s'en va.

Mme Gigou. — C'est comme un fait exprès : il ne s'en va jamais, quand nous avons à parler, et quand nous avons besoin de lui, il n'est jamais là.

M. Gigou. — Ça, c'est certain. Enfin, pour en revenir à Georges, il y a une femme là-dessous. Il n'est pas rentré cette nuit, il a encore découché, et ce qu'il doit m'en faire, des dettes !

Mme Gigou. — Oh ! ça, ce n'est rien; mais il ruine sa santé, ce qui est plus grave, et j'ai toujours peur qu'il finisse comme son frère, notre pauvre Maurice, qui est mort de la poitrine.

Sa voix tremble, ses yeux se mouillent.

M. Gigou, *ému*. — Je ne suis pas un bourgeois, un père imbécile : je comprends qu'un jeune homme s'amuse... Moi-même, quand j'avais son âge... mais on peut s'amuser raisonnablement, quand le diable y serait. Mais ton fils est exagéré en tout, et pour ça comme pour le reste. Alors on paye ça plus tard.

Mme Gigou. — Tous les jeunes gens en sont là, à moins que...

M. GIGOU. — A moins que...

Mme GIGOU. — Eh bien, à moins qu'ils ne soient casés, comme le petit Gardon. Voilà un garçon qui faisait des orgies comme Georges et qui maintenant est rangé, et reste très tranquille.

M. GIGOU. — Il faudrait caser notre fils, c'est évident.

Mme GIGOU. — Ah ! pour cela il faudrait voir du monde, mais nous vivons comme des ours dans notre coin. Il faudrait qu'il y ait de la jeunesse ici, de la gaîté; alors ce garçon resterait volontiers à la maison et il trouverait un beau jour son affaire, tandis qu'il s'ennuie ici, et ça se comprend, il va n'importe où et rencontre n'importe qui.

M. GIGOU. — Nous ne pouvons pourtant pas donner des bals comme pour marier une jeune fille.

Mme GIGOU. — Mais, sans donner des bals, on peut donner des dîners, des soirées. Ainsi font les Gardon, et c'est chez eux que leur fils a rencontré cette petite madame Valréal et qu'il a pu avoir une maîtresse dans un monde honorable, dans notre monde, une amie de sa sœur, qui ne l'affiche pas.

M. GIGOU. — Et qui ne lui coûte pas un sou.

Mme GIGOU. — Et puis, c'est une femme qui a beaucoup de tenue, qui sauve les apparences, et comme ils ne peuvent se voir que de temps en temps, de cette façon un jeune homme ne ruine pas sa santé.

M. GIGOU. — Oui, mais madame Valréal... nous ne pouvons pas y compter.

Mme GIGOU. — Naturellement, seulement il y en a d'autres...

M. GIGOU. — Tu crois?

Mme GIGOU. — Ah ! ce n'est pas ça qui manque, seulement il faut les chercher.

Rentrée de Jean. Asperges à l'huile. Petit silence. Sortie de Jean.

M. GIGOU. — C'est un joli métier que nous ferions là, mais tu n'y réfléchis pas, tu ne sais donc pas comment ça s'appelle !

Mme GIGOU. — Je ne sais qu'une chose, c'est que j'ai déjà

perdu un fils qui est mort de la poitrine pour s'être trop amusé et je ne veux pas en perdre un second.

Ses yeux se remplissent à nouveau de larmes.

M. Gigou, *très ému.* — Certainement, certainement.

Mme Gigou, *les yeux au ciel.* — Il faudrait une femme qui nous le conserve.

M. Gigou, *hésitant.* — Vois-tu... dans tes relations... quelqu'un qui pourrait...

Mme Gigou. — Comme ça tout de suite, non. Il faudrait que j'y pense, que je réfléchisse; il y a bien Alice.

M. Gigou. — Qui ça, Alice?

Mme Gigou. — Je te dirai cela tout à l'heure.

Rentrée de Jean. Fromage, fruits. Sortie de Jean.

M. Gigou. — Eh bien?

Mme Gigou. — Eh bien, Alice Aleuil! je crois que ça serait justement très bien, Georges la trouve très à son goût et je crois qu'il ne lui déplaît pas... D'ailleurs, elle serait bien difficile.

M. Gigou. — Mais elle est peut-être honnête, cette petite femme-là.

Mme Gigou. — Peuh!

M. Gigou. — Est-ce que tu crois?...

Mme Gigou. — Elle a été la maîtresse de Dacier qui l'a quittée pour se marier, c'est une petite femme à consoler et qui a besoin d'aimer.

M. Gigou. — Comment sais-tu tout ça?

Mme Gigou. — Oh! Je suis très bien renseignée, moi, avec mon air de rien. Je sais ce que je dis, c'est un très bon parti pour notre fils, ils seront très gentils tous les deux.

M. Gigou. — Et le mari dans tout ça, qu'est-ce tu en fais?

Mme Gigou. — Puisque tu le connais, ça va tout seul, tu n'as qu'à lui écrire pour les inviter à dîner.

M. Gigou. — Mais sous quel prétexte? Il y a six ans que nous n'avons vu les Aleuil; cette invitation va les surprendre.

Mme Gigou. — Les hommes ne sont vraiment pas malins.

M. Aleuil a de très grandes relations dans les chemins de fer; dans les mines, il fait partie de plusieurs Conseils d'administration, dis-lui qu'il s'agit d'une place pour ton fils.

M. GIGOU. — C'est vrai. Je vais lui écrire tout à l'heure.

LA MORALISTE

Mme GOTTE-PLOTTER, 23 ans.
Mme DE VIZAVIH, 25 ans.
Mme TASSOT, entre 45 et...?

Chez Mme Tassot, dont c'est le dernier vendredi, Mmes Plotter et de Vizavih qui ont reculé, reculé pour faire leur visite à la mère Tassot, comme elles l'appellent, se sont enfin décidées; mais pour que la tâche soit moins rude, elles ont convenu de la faire à deux, d'arriver et de partir ensemble.

Mme Tassot a dû être très belle. Dans le petit salon où elle reçoit, elle tourne le dos à la fenêtre; d'ailleurs, les stores baissés tamisent le jour de façon à obtenir la lumière spéciale, dite « lumière des ruines ».

. . . .

Mme TASSOT. — Qu'est-ce que vous avez fait de beau, Mesdames, tous ces temps-ci? Vous devez sortir beaucoup, vous êtes très mondaines.

Mme DE VIZAVIH. — Justement, nous n'avons pas fait grand'chose, et quoique ce soit la *season*, nous sommes restées tout le temps chez nous.

Mme TASSOT. — Vous devez vous ennuyer?

Mme PLOTTER. — Ce n'est pas gai... Enfin, heureusement que nous avons la semaine prochaine une grande soirée chez les Ohévlan.

Mme Tassot. — Oui, j'en ai beaucoup entendu parler... il paraît que ce sera superbe, magnifique. D'ailleurs, on dépense un argent fou dans cette maison-là. Ils ont raison, pour le mal qu'ils ont eu à le gagner... s'ils étaient avares, ça serait monstrueux.

Mme de Vizavih. — Pourquoi dites-vous cela? M. Ohévlan est un homme fort honorable et qui travaille beaucoup; mais comme il réussit, qu'il gagne de l'argent, naturellement les envieux trouvent toujours quelque chose à dire.

Mme Tassot. — Il n'en est pas moins vrai que le père Ohévlan n'avait pas une très bonne réputation et son rôle a été plus que louche dans l'affaire des Etains. Il a été cause que le colonel Alaron s'est suicidé.

Mme Plotter. — Oh! vous savez, chère madame, *on dit tant de choses.*

Mme de Vizavih. — *Il faut en prendre et en laisser.*

Mme Tassot. — Certainement, *mais il n'y a pas de fumée sans feu;* soyez tranquille, on ne fait pas de fortunes pareilles, sans commettre quelques adroites canailleries. On ne devient pas si riche, rien qu'en travaillant honnêtement. Mon mari, qui n'est pas un imbécile, je vous assure, et qui travaille du matin au soir, est loin d'avoir des millions.

Mme Plotter. — Vous n'êtes pas à plaindre; *vous êtes dans une jolie situation.*

Mme Tassot. — Je ne vous dis pas, *mais nous n'avons pas ce qui s'appelle de la fortune.*

Mme de Vizavih. — Enfin, quelle que soit la façon dont le père ait gagné son argent, ses enfants n'en sont pas responsables, d'autant plus que les Ohévlan, dont nous parlons, reçoivent très largement, font beaucoup de bien autour d'eux, et, en somme, dépensent leur galette d'une façon très chic.

Mme Tassot. — Vous savez, ce que j'en dis...

Mme de Vizavih. — Évidemment; mais Françoise est une amie d'enfance, je l'aime comme une sœur, et je préfère que l'on ne parle pas devant moi de certaines choses qui...

Mme Tassot. — Vous défendez vos amis, rien n'est plus naturel. Et qu'est-ce qu'il y aura à cette grande soirée?

Mme DE VIZAVIH. — C'est tout simplement un grand bal avec des intermèdes très originaux : la belle Otero, et puis Lucienne de Briançon, qui jouera *le Bain de Suzanne*, la pantomime qui a tant de succès en ce moment aux Folies-Bergère.

Mme TASSOT. — Non ! Ils vont faire représenter ça chez eux ?

Mme PLOTTER. — Mais oui... Vous savez que c'est le grand chic maintenant d'avoir ces numéros-là dans une soirée : ça se fait beaucoup, je vous assure.

Mme TASSOT. — Je veux bien ; il est vrai que l'on a de telles façons de vivre, de s'amuser, à présent ! Je comprends très bien, quand on veut distraire ses invités, qu'on fasse venir des acteurs et même des actrices de la Comédie-Française. (*Mmes de Vizavih et Plotter se tordent.*) Vous riez, mais je parle très sérieusement... Je comprends que l'on reçoive Mlle Reichenberg ou Mlle du Minil, parce que ce sont des artistes ; je vais plus loin...

Mme PLOTTER. — Oh ! non, arrêtez-vous.

Mme TASSOT. — Je comprends que l'on fasse venir Yvette Guilbert parce que c'est une artiste et qu'elle a énormément de talent, quoique je n'aime pas toujours les sujets de ses chansons ; mais ce que je n'admets pas, c'est que l'on fasse venir chez soi des grues, de simples grues : c'est une promiscuité déplorable.

Mme PLOTTER. — Mais non, vous exagérez.

Mme TASSOT. — Oui, oui, je suis vieux jeu, je retarde. Enfin, qu'est-ce qu'il y aura encore ?

Mme DE VIZAVIH. — *La Vie de Diane*, en tableaux vivants.

Mme TASSOT. — Est-ce que vous figurerez ?

Mme PLOTTER. — Naturellement... nous figurons comme nymphes dans la scène de Diane surprise au bain par Actéon.

Mme TASSOT. — Mais on ne fait que se baigner, dans cette maison-là ; c'est dégoûtant !

Mme PLOTTER. — C'est très propre, au contraire.

Mme TASSOT. — Et qu'est-ce qui fera Diane ?

Mme DE VIZAVIH. — C'est Françoise Ohévlan.

Mme TASSOT. — Il faut être admirablement faite.

Mme DE VIZAVIH. — Françoise a un corps merveilleux, des jambes de chasseresse, des pieds longs et cambrés, une poitrine divine. Si vous la voyiez dans le tableau de Diane avec Endymion, elle a l'air d'une statue.

Mme TASSOT. — Qu'est-ce qui fait Endymion?

Mme PLOTTER. — C'est M. Cergy.

Mme TASSOT. — Oh! alors, ce n'est pas un tableau vivant; c'est un tableau vécu.

Mme DE VIZAVIH. — Vous avez tort de dire ça.

Mme TASSOT. — J'ai tort? Allons donc! Si ça n'est pas encore fait, ça se fera, et ça sera bien fait pour le mari. Quand on tolère que sa femme se livre à des exhibitions pareilles, il faut s'attendre à tout. Enfin, il faut croire qu'il aime ça... Ça le regarde et tout est pour le mieux.

Mme PLOTTER. — Vous êtes pessimiste.

Mme TASSOT. — Mais non. Comment en serait-il autrement? Une femme qui va dans ce milieu-là est perdue d'avance. La maison est bien connue pour ça... tout ce qu'il y a à Paris de femmes faciles du monde, qui sont pires que les femmes du monde facile, s'y donnent rendez-vous et y donnent des rendez-vous... c'est un pince-cœurs, c'est la halle aux intrigues.

Mme DE VIZAVIH. — Oh! dites au moins le hall aux flirts, c'est plus anglais.

Mme TASSOT. — Il est joli, le flirt! Il y règne un ton tout à fait grossier, absolument brutal, et les hommes parlent aux femmes d'une façon qui équivaut aux derniers outrages.

Mme PLOTTER. — Qu'est-ce qui vous a dit ça?

Mme TASSOT. — C'est Mme Létroy, qui connaît bien la maison.

Mme DE VIZAVIH. — Parbleu! cette vieille madame Létroy, elle en veut aux jeunes femmes, d'autant plus qu'elle a toujours été laide comme une horreur; on ne lui a jamais fait la cour, elle n'a même pas de souvenirs; alors, elle crève de jalousie.

Mme PLOTTER. — Elle est de ces femmes pour lesquelles les derniers outrages seraient les premières politesses.

Mme TASSOT. — C'est une femme très comme il faut, et il

serait à souhaiter qu'il y en eût beaucoup comme elle, car vraiment, je ne sais pas où nous allons. Jamais je n'ai entendu parler de scandales comme j'en entends parler maintenant. Presque toutes ces dames ont des amants, des gigolos, des camarades, des flirts, des *fancymen*, que sais-je ! D'ailleurs, les maris font tout ce qu'ils peuvent pour en faire des détraquées : ils leur apprennent tout ce qu'ils savent et elles devinent le reste; elles lisent ce qu'elles veulent, et Dieu sait si on écrit des choses raides depuis dix ans ! Elles vont voir toutes les pièces, même les pires.

Mme DE VIZAVIH. — Ce sont les meilleures : les bonnes pièces sont assommantes; ce n'est pas notre faute.

Mme PLOTTER. — Mais c'est notre portrait que vous faites là; nous protestons.

Mme DE VIZAVIH. — Vous voyez les choses trop en noir, madame Tassot; mais c'est le défaut des générations qui précèdent de déplorer les générations qui suivent.

Elles se lèvent. Au-revoirs. Poignées de mains. Fuite rapide. Deux minutes après, dans le coupé de Mme de Vizavih.

Mme PLOTTER. — Quelle peste, hein? cette mère Tassot.

Mme DE VIZAVIH. — Quelle teigne !

Mme PLOTTER. — Quel vieux rasoir !

Mme DE VIZAVIH. — Elle dit du mal de tout le monde, la rosse, et elle a un aplomb !

Mme PLOTTER. — Je t'ai regardée quand elle a dit que le père Ohévlan n'était pas honnête... et son mari à elle, qui a fait de mauvaises affaires !

Mme DE VIZAVIH. — Ce sont des gens très à côté.

Mme PLOTTER. — A côté ! je te crois : le père Tassot a même été dedans : il a fait deux mois de prison pour banqueroute frauduleuse.

Mme DE VIZAVIH. — Et quand elle a parlé des tableaux vivants... j'ai eu une envie de rire... elle qui a montré ses jambes pendant quinze ans dans toutes les revues : car c'est une ancienne actrice.

Mme PLOTTER. — Une actrice ! pas même, une ancienne grue.

Mme DE VIZAVIH. — C'est une vieille catin ! Non, ça me met en colère qu'une femme comme ça vienne vous faire de la morale. Si on avait autant de toupet qu'elle, ça serait rudement facile de lui répondre, de lui river son clou. Mais la prochaine fois, si elle se met encore à rosser, je te promets que je ne me gênerai pas. Elle a été la maîtresse de l'oncle de mon mari et j'ai des tuyaux sur elle, ma chère, épatants. Ah ! elle trouve les femmes d'à présent détraquées... et de son temps, c'était bien autre chose. Figure-toi qu'en 1860...

L'ÉPOUSE RAISONNABLE

SIMONNE CARRÈS, 24 ans.
MARCEL CARRÈS, 32 ans.

Après déjeuner, dans le boudoir mauve et jonquille de la très belle et élégante Mme Carrès. Tout en arrangeant des fleurs dans une multitude de petits vases ridicules et charmants, Simonne cause avec son mari qui, nonchalamment étendu sur un divan, comme il convient dans une maison où l'on fait le café à la turque, fume des cigarettes en tâchant à faire avec la fumée des anneaux dans l'air.

MARCEL. — Qu'est-ce que nous faisons ce soir?... Nous n'allons nulle part? Nous ne dînons pas en ville... nous n'avons pas de soirée?

SIMONNE. — Non.

MARCEL. — C'est extraordinaire ! Alors, si tu veux, nous dînerons aux Champs-Elysées, et de là nous irons finir la soirée *dans l'avant-scène d'un petit théâtre.*

SIMONNE. — J'ai commandé le dîner pour ce soir... ça ne serait pas raisonnable du tout; et puis, pour une fois, nous pouvons bien rester à la maison; nous ferons des économies. C'est donc bien ennuyeux de passer une soirée en tête à tête?

MARCEL. — Mais tu es tout à fait raisonnable, ma chérie... tu sais bien que je ne demande pas mieux; au contraire, je suis ravi, enchanté. *(Il va à la fenêtre.)* Quel sale temps ! Pourvu que nous n'ayons pas un vilain mois de juillet, c'est tout ce que je demande. *(Il se recouche sur le divan et bâille.)* Où irons-nous, au fait, cet été?

SIMONNE. — Où tu voudras.

MARCEL. — Nous sommes invités à aller en Norvège sur le yacht des Boumdihais; nous visiterons les fjords, c'est exquis.

SIMONNE. — Mais nous ne pouvons pas accepter d'aller avec ces gens-là qui sont vingt fois plus riches que nous, et nous faire payer un voyage pareil.

MARCEL. — On sera toute une bande et chacun paiera sa part; ce sera un pique-nique. Oh ! sans ça, tu comprends bien que je n'aurais pas voulu...

SIMONNE. — Oui, mais étant donnée la façon dont voyagent les Boumdihais, nous ne pouvons pas les suivre; nous n'avons pas le moyen de figurer avec eux.

MARCEL. — Comme tu voudras. Alors nous irons en Ecosse, tout seuls, au bord des lacs.

SIMONNE. — C'est encore un voyage extrêmement cher.

MARCEL. — Ne sais-tu donc pas que chez les montagnards écossais l'hospitalité se donne et ne se vend jamais? Nous n'aurons qu'à payer le chemin de fer, et nous serons logés et nourris à l'œil... c'est très chic.

SIMONNE. — Tu n'es jamais sérieux. Non, pas d'expéditions lointaines.

MARCEL. — Alors, quoi? La Garenne-Bezons? Bécon-les-Bruyères?

SIMONNE. — Nous irons tout simplement chez mes parents, à Frobertville.

MARCEL. — Ça sera gai !

SIMONNE. — On va à la campagne pour se reposer... et puis, ça nous fera faire des économies.

MARCEL. — Dieu ! que tu es ennuyeuse avec tes économies... On dirait que nous sommes *a quia.* Tiens, si nous y allions *a quia* pendant les vacances, c'est une idée.

SIMONNE. — Au train dont tu y vas, nous pourrions bien y arriver plus tôt que tu ne le penses. Il faut être prudents.

MARCEL. — Soyons prudents, mais autre part que chez tes parents. Aller à Frobertville ! J'aime mieux rester à Paris, fermer les persiennes, et dire que nous sommes aux bords du lac de Côme. Justement, Faucheur y est allé l'année dernière; j'ai toutes ses lettres, je copierai des descriptions et je les enverrai à nos amis.

SIMONNE. — Et tu les mettras à la poste rue Meissonier.

MARCEL. — Tiens, c'est vrai.

SIMONNE. — Nous pourrions aller dans un endroit peu connu, à Vaucottes, par exemple; il n'y a pas de casino, pas d'hôtel, personne à épater, c'est le rêve ! Justement, les Lévy-Block n'y vont pas cette année et ils nous loueraient leur villa pour un morceau de pain.

MARCEL. — Azyme. Tu es folle... mais je la connais, la villa des Lévy-Bloch : c'est une cabane à lapins. Et puis nous vois-tu nous en aller à Vaucottes? On croira que nous sommes ruinés.

SIMONNE. — Nous avons perdu beaucoup d'argent, ces temps-ci... deux cent mille francs dans la banque Rasouard, sans compter ce que nous avons mis dans cette affaire de poudre de riz sans fumée, et que nous ne reverrons jamais : les actions sont tombées à 2 fr. 75.

MARCEL. — Je sais bien.

SIMONNE. — Tu ne t'occupes de rien, toi... tu vas, tu vas, tu puises à même. Papa me parlait de tout ça très sérieusement, hier... il est enchanté d'avoir sauvé ma dot; mais il dit que si nous voulons continuer le train que nous menons, il faudra absolument que tu te mettes à travailler.

MARCEL, *se tordant.* — Ah ! ah ! ah ! Il a l'sourire, le beau-père. Travailler ! ! !

SIMONNE. — Je ne vois pas ce qu'il y a là de si risible. Mon père a travaillé, lui, et rudement. Il est venu à Paris en sabots, avec de la paille dedans, comme il dit, et maintenant il a du foin dans ses bottes.

MARCEL. — Ça prouve que ton père a toujours son déjeuner avec lui : c'est un homme de précaution.

SIMONNE. — Tu plaisantes... tu ferais bien mieux de faire comme lui.

MARCEL. — C'est une affaire entendue : ce soir, je reviens à la maison avec du foin dans mes bottines... tu verras. *(Elle hausse les épaules.)* Je ne croyais pas que nous étions si bas. Puisque nous en sommes réduits aux expédients, je ne demande pas mieux que de travailler. Seulement, quoi faire? Quoi?? Quoi???

SIMONNE. — Je ne sais pas, moi; tu as assez de relations... Tu pourrais bien entrer dans une administration ou dans l'industrie.

MARCEL. — Mais tout ça est encombré comme la lune. Songe qu'il y a des élèves de l'Ecole centrale qui sont contrôleurs aux Omnibus. Et puis, me vois-tu dans un bureau? Au contentieux de la Compagnie du Gaz... c'est la boue!

SIMONNE. — Prends une carrière libérale. Ecris.

MARCEL. — A qui?

SIMONNE. — Ecris, je veux dire fais des livres, du théâtre... tu as de l'esprit naturel.

MARCEL. — Oui, mais s'il est naturel, c'est comme les enfants, personne ne voudra le reconnaître. Et puis, je suis trop vieux pour commencer. Non, je ne vois pas du tout ce que je pourrais faire : je crois que je suis un inutile, un incapable.

SIMONNE. — Oh! parbleu, ce n'est pas en restant étendu sur un canapé que tu trouveras à te caser. Remue-toi!

MARCEL, *agitant les bras et les jambes.* — Voilà! Voilà!

SIMONNE. — Mon cher ami, je m'en vais. Quand tu voudras parler sérieusement, tu me le diras; mais, je trouve que ta conduite et ton langage sont indignes d'un homme de cœur. Comment! je t'expose la situation, et je te crie casse-cou, et toi tu blagues, tu as l'air de me prendre pour une imbécile. Tu n'as pas de cœur. Enfin, si nous avions un enfant, comment ferais-tu?

MARCEL. — Nous n'en avons pas.

SIMONNE. — Nous pouvons en avoir un.

MARCEL. — Depuis cinq ans que nous sommes mariés, si Dieu n'a pas béni notre union, il ne la bénira plus maintenant... il n'oserait pas... il se ferait sévèrement juger. Et puis un enfant, vous n'avez que ce mot à la bouche, toi et tes parents. Mais l'enfant, c'est l'accident. Tiens, sais-tu combien nous avons eu de chances d'en avoir depuis que nous sommes mariés. Oh! mon Dieu, c'est bien simple. *(Il prend son crayon et fait des calculs.)* Nous disons cinq ans à 365 jours, ça fait 1.825 jours. Nous mettons trois fois par jour en moyenne.

SIMONNE. — Tu exagères.

MARCEL. — Mettons deux fois et demi.

SIMONNE. — C'est charmant; c'est de l'arithmétique conjugale.

MARCEL. — Absolument... en Simonne combien de fois Marcel? Il y va 4.562. Ainsi nous avons eu 4.562 chances d'avoir un moucheron; si nous n'en avons pas eu, c'est que nous ne devons pas en avoir. Ce sont des chiffres ça : 4.562 chances... 4.562,5 même?

SIMONNE, *ironique*. — Virgule cinq, ça doit être pour hier. *(Elle se tord.)*

MARCEL. — A la bonne heure, ris donc. Se tourmenter pour des questions de galette, quelle sottise! Certainement, je travaillerai s'il le faut, et de tout mon cœur. Nous avons été trop vite, nous irons plus doucement; c'est bien facile, c'est toi qui t'occupes de ça; c'est toi qui as les clefs de la caisse, tu t'arrangeras toujours; je suis bien tranquille.

Coup de timbre dans l'antichambre.

LA FEMME DE CHAMBRE. — Madame, on vient de chez la lingère apporter les chemises de Madame.

SIMONNE. — Faites entrer.

On défait le paquet, on examine les chemises, l'ouvrière s'en va.

MARCEL. — J'espère! elles sont jolies ces chemises-là? Tu n'en avais plus?

SIMONNE. — Si... mais j'en ai vu à Denise et j'ai voulu en avoir de pareilles.

MARCEL. — Ça coûte cher !

SIMONNE. — Cent vingt francs.

MARCEL. — Les six? ce n'est pas trop cher.

SIMONNE. — Ah ! non, cent vingt francs chaque... Voyons, tu ne voudrais pas... c'est de la vraie Valenciennes, tu sais. Ce n'est peut-être pas bien raisonnable...

MARCEL. — Je ne dis rien.

SIMONNE. — Oh ! mon Dieu ! c'est une petite fantaisie.

MARCEL. — Certainement.

SIMONNE, *câline*. — D'ailleurs, maintenant que tu vas travailler !

LE CAS DE Mme DESARQUE

PHILIPPE DACIER, 30 ans.
JULES MALAIRE, 30 ans.

Par une exquise matinée d'avril, sous les allées du Bois où les premières feuilles tendres et légères mettent comme un brouillard vert. Philippe et Jules se promènent et font sur le renouveau les commentaires qu'il convient.

PHILIPPE. — Les marronniers sont déjà en fleurs...

JULES. — Et dressent vers le ciel leurs thyrses neigeux.

PHILIPPE. — Le prince de Sagan a des souliers jaunes.

JULES. — Nous assistons véritablement au réveil du printemps.

PHILIPPE. — Ça a beau être tous les ans la même chose, on est toujours content de voir les feuilles pousser et les jours rallonger.

JULES. — C'est absolument juste ce que tu viens de dire là : j'ai tout à fait la même sensation.

PHILIPPE. — Pourvu que ce temps-là puisse durer !

JULES. — A la campagne ils demandent de la pluie.

PHILIPPE. — Ils sont idiots.

JULES. — Non, ils ont raison ; il faudrait de la pluie pour féconder les biens de la terre.

PHILIPPE. — Je me moque des biens de la terre, moi. Je demande à faire mon petit tour au Bois tous les matins, à pieds secs... je ne suis pas bien exigeant, cependant.

JULES. — Tiens ? voilà la petite Létang qui passe sur sa bicyclette.

PHILIPPE. — Ce n'est pas si ridicule que ça, une femme à bicyclette.

JULES. — Quand elle est mince et bien faite, c'est exquis.

Il déclame :

Recordwoman aux yeux changeants,
Pédalière tant esthétique,
Mon cœur est un vieux pneumatique,
Qu'ont crevé les rayons tangents
De tes yeux pervers et changeants.

(Il soupire.) Au fond je ne suis pas gai. Je n'ai pas de maîtresse. Et toi, à propos, où en es-tu avec Mme Desarques ?

PHILIPPE. — Avec Hélène ? Ah ! c'est vrai, je ne t'ai pas revu depuis... Mon cher, figure-toi qu'il m'est arrivé une chose inouïe, étourdissante. Seulement, jure-moi que tu ne diras à personne ce que je vais te raconter.

JULES. — Tu es fou, je te le jure : tout Paris le saura demain.

PHILIPPE. — Voyons, sois sérieux.

JULES. — Mais oui, tu sais bien que ces choses-là, c'est sacré pour moi. Allons, raconte.

PHILIPPE. — Tu sais que j'ai fait à Hélène une cour assidue qui a duré deux mois, ce qui est très raisonnable et même long.

JULES. — Beaucoup au-dessus de la moyenne.

PHILIPPE. — Parfaitement, et pourtant nous nous étions parfaitement compris au bout de deux heures, et nous savions où nous voulions en venir. Et, d'ailleurs, elle m'a avoué elle-même, l'autre jour, dans un moment d'abandon, qu'elle était décidée, la première fois que nous nous sommes vus, à être ma maîtresse. Seulement elle trouvait toujours des prétextes pour remettre d'abord à huitaine, puis au lendemain, l'événement fatal, le *great event*, comme nous disons, nous autres Français.

JULES. — Elle n'avait pas la tête à l'*event.*

PHILIPPE. — Parfaitement. Enfin, mercredi dernier, j'obtiens un rendez-vous définitif. Elle vient chez moi, et je pensais que du moment qu'elle était enfin décidée, elle l'était bien et que ça irait tout seul. Tu sais qu'il n'y a rien d'assommant comme ces préliminaires. Si on est timide, on est ridicule; si on est hardi, on est odieux. La femme, de son côté, prête à rire. Si elle se défend, sa présence dans votre chambre est un démenti formel à ses pudeurs, ou alors pourquoi est-elle venue là? Je pensais donc qu'Hélène aurait le bon goût de m'éviter cette petite comédie absurde. Il n'en fut rien; elle se montrait effarouchée, avec des rougeurs niaises et des reculs enfantins. Comme je ne suis pas une brute, je lui laissai tout le temps de se remettre.

JULES. — Dix minutes?

PHILIPPE. — Une demi-heure.

JULES. — C'est très convenable.

PHILIPPE. — N'est-ce pas? Mais à la fin je perdis patience. Je n'aime pas beaucoup qu'on se moque de moi.

JULES. — Les meilleures plaisanteries sont les plus courtes.

PHILIPPE. — Parfaitement. Je la mis au pied du mur.

JULES. — Bravo! et alors?

PHILIPPE. — Et alors, j'eus l'explication de son étrange défense.

JULES. — Elle était mal faite?

PHILIPPE. — Un modèle, mon cher : une chair marmoréenne, des hanches merveilleuses et une poitrine de jeune fille.

JULES. — Elle avait des dessous grotesques, du linge avec du feston?

PHILIPPE. — Ses jupons étaient de soie changeante, sa chemise et son pantalon de batiste fine et mauve.

JULES. — Alors... quoi?

PHILIPPE. — Je fus bien forcé de reconnaître que ce que je prenais pour une pudeur hypocrite et mondaine n'était qu'une frayeur ingénue et la peur instinctive et véritable de l'Inconnu. En un mot, j'étais le premier homme qui l'eût abordée ainsi, non pas son premier amant mais le premier homme, tu m'entends bien?

JULES. — Qu'est-ce que tu me chantes? Mme Desarques est divorcée d'un premier mari et veuve d'un second. Elle s'est payé ta tête.

PHILIPPE. — Elle ne s'est rien payé du tout. Au surplus, c'est bien simple : elle m'a raconté en pleurant son histoire, qui n'est pas banale, je t'assure. Tu sais qu'elle a d'abord été mariée avec le grand Ribert, qui l'a emmenée à Fontainebleau le soir de ses noces. Il l'a collée dans une chambre d'hôtel en lui disant : « Attendez-moi là, je reviens. » Elle l'a attendu longtemps, car il avait filé avec sa maîtresse, à laquelle il avait donné rendez-vous dans le même hôtel, en emportant la dot de sa femme.

JULES. — Ce n'est pas très délicat.

PHILIPPE. — Là-dessus, scandale : naturellement divorce.

JULES. — Est-ce qu'il a rendu la galette, cette honte de Ribert?

PHILIPPE. — Son père l'a rendue.

JULES. — C'est heureux.

PHILIPPE. — Deux ans après Hélène s'est remariée, et pendant six ans elle a été la femme d'un monsieur qui n'a jamais été son mari et qui est mort en la laissant dans la complète ignorance des mystères conjugaux.

JULES. — Comment, Desarques n'a pas?...

PHILIPPE. — Pas ça. *(Il fait claquer l'ongle de son pouce contre une de ses incisives supérieures.)* De sorte qu'il m'est arrivé cette chose bizarre, je dirai même plus...

JULES. — Bizarre.

PHILIPPE. — Parfaitement, d'être l'amant d'une femme divorcée, veuve et vierge.

JULES. — C'est-à-dire que si ce n'était pas toi qui me racontes cette blague-là, je ne la croirais pas.

PHILIPPE. — Ce n'est pas une blague : encore une fois, c'est l'absolue vérité.

JULES. — En tout cas, c'est bien parisien. *(Petit silence.)* Elle ne devait pas être facile à cueillir, cette fleur d'oranger-là.

PHILIPPE. — Eh ! Eh !

JULES. — Tiens, voici la petite Létang qui repasse sur sa bicyclette.

Il déclame :

Recordwoman aux yeux changeants,
Pédalière tant esthétique,
Mon cœur est un vieux pneumatique,
Qu'ont crevé les rayons tangents
De tes yeux pervers et changeants.

C'est égal, mon vieux, je n'aurais vraiment pas voulu être à ta place.

Et en discutant si l'on doit se réjouir ou non d'être l'initiateur, ils se dirigent vers le déjeuner dont les douze coups viennent de sonner à tous les estomacs de la ville.

“LES HISTOIRES DRÔLES”

PUBLIÉES SOUS LA DIRECTION LITTÉRAIRE DE
MAX ET ALEX FISCHER

Prix : 0 fr. 25

Le programme de cette petite collection nouvelle ?

Publier les histoires les plus gaies, les plus spirituelles ou les plus farces, qui aient été écrites au cours de ces dernières années ; aussi bien celles qui s'efforcent, avec une cordiale franchise, de vous arracher un éclat de rire, que celles qui, plus discrètes ou moins ambitieuses, n'aspirent qu'à vous faire sourire.

Le but de cette petite collection ?

Vous étonner par son bon marché, et vous amuser... en tout cas, le plus souvent possible.

EN VENTE (1) :

1. ALPHONSE ALLAIS ... ... La belle-mère explosible.
2. MAX ET ALEX FISCHER ... Constantin et Zéphyrine.
3. TRISTAN BERNARD ... ... L'homme à la moustache verte.
4. CAMI .. .. L'archer aux dents creuses.
5. WILLY ... ... Cabotin par amour.
6. MAURICE DONNAY ... ... La curieuse satisfaite.

POUR PARAITRE LE 20 AVRIL 1922 :

7. PIERRE VEBER ... ... Son pied quelque part.
8. MAX ET ALEX FISCHER ... Les Durand !

(1) *Les numéros qui précèdent les titres de chaque fascicule indiquent leur ordre de publication.*

SCEAUX. IMP. CHARAIRE

www.ingramcontent.com/pod-product-compliance
Ingram Content Group UK Ltd.
Pitfield, Milton Keynes, MK11 3LW, UK
UKHW022138260726
13993UKWH00005B/2016

9 782329 198781